刘梁波 著

梁诗二百首

中国文史出版社

图书在版编目（CIP）数据

梁诗二百首 / 刘梁波著. —北京：中国文史出版社，
2024.1
ISBN 978-7-5205-4413-9

Ⅰ.①梁… Ⅱ.①刘… Ⅲ.①诗集－中国－当代
Ⅳ.①I227

中国国家版本馆CIP数据核字（2023）第207238号

责任编辑：刘华夏

出版发行：**中国文史出版社**

地　　址：北京市海淀区西八里庄路69号　　邮编：100142
电　　话：010－81136606 / 6602 / 6603 / 6642（发行部）
传　　真：010－81136655
印　　装：廊坊市海涛印刷有限公司
经　　销：全国新华书店
开　　本：787mm×1092mm　1/32
印　　张：7.375
字　　数：25千字
版　　次：2024年1月北京第1版
印　　次：2024年1月第1次印刷
定　　价：48.00元

近体诗讲究平仄、对仗，今人写来极为不易。观梁波诗作，有渊明之新雅，有摩诘之脱俗，有太白之浪漫，有子美之沉郁，有子瞻之哲思，有放翁之深远，气象不凡。

登山则情满于山，观海则意溢于海，其山水诗景中有情，情中有思。风物本无情，多少情绪因人而生，从风景中得观诗人对祖国山河的热恋之深。家国情怀，是中国人的底色，诗人在诗歌中倾诉了对父母、儿女的深情，读来令人动容。人生况味，五味杂陈，以诗言志，以诗抒情，将生命经历、血脉亲情、阅读所思、人生所感，通过诗的形式记录，用诗的语言表达，在网络语言大行其道的现代社会不失为一种对中国文脉的传承，对传统文化的接续。深表钦佩，愿继续耕耘，诗意绽放。

目录 >>>
CONTENTS

PART 2

PART 3

PART 4

PART 5

PART 6

PART 7

PART 8

PART 1

祖国之大好河山美不胜收，亲临其境乃愚之平生所愿。怎奈时间与精力不逮，游览名川大山寥寥可数，然愚心始终向往之。聊以浅薄之游历、孤陋之寡闻，辅以单薄之想象，勉为其难写此山水系列诗作以表赞美之意。

黄　山

谁泼水墨绘苍穹，造化神山仙境中。

云海连天邀瑞雪，险峰迎客有奇松。

一山阅尽四时景，三瀑飞流千丈淙。

若要形容心震撼，古今羞涩好词穷。

泰　山

五岳岱为尊，巍巍气势吞。

玉盘云海俏，旭日照乾坤。

千里金黄带，夕霞万丈浑。

天人合共此，安泰佑长存。

衡　山

盘古开天地，衡山玉秤平。

文明源久远，巨子赛繁星。

紫盖冲霄顶，南天祝融擎。

茫茫环宇宙，北斗特心倾。

华 山

雄顶摘星月，天人金锁连。

险关绝壁过，危道线来牵。

仙气摩崖聚，君神洞府天。

笑谈千万险，论剑华山巅。

恒　山

仙山云万变，神洞蕴千泉。

天险雄关踞，孤崖古寺悬。

草原天外阔，林翠雾峰连。

北岳多忠义，丹心寄杜鹃。

嵩　山

日暮千林翠，幽深万壑崔。

拂云观星宿，星月共增辉。

大慧潜佛法，贫僧隐武魁。

江流一苇去，万物伴空随。

峨眉山

丹峦凝翠层层嶂，云海祥光照四方。

报晚古钟三千界，清音袅袅入禅房。

通幽曲径时来雨，满眼葱茏自带芳。

眉黛天仙如不爱，此心安处是谁乡。

天　山

雪域碧空晴，皑皑万里清。

天池如玉镜，返照月山明。

仙果含霜笑，雪莲仙子情。

江山何此美，守护有豪英。

月牙泉

心月动情芽，萌萌落雁霞。

弯弯相思泪，君伴到天涯。

彼此情相悦，别时赠杏花。

尘心泉洗净，清梦数鸣沙。

泸沽湖

天蓝一滴泪，零落变高湖。

玉镜群峰抱，云低漫卷舒。

夕斜仙岛远，舟正渡人无。

明月别清影，心如止水孤。

阳　朔

秀美漓江水，竹飘雨月天。

群峰连对面，云雾漫山巅。

鱼戏清波草，鸬鹚静立舷。

江风迷蒙夜，渔火照无眠。

青山情不老，绿水唱千年。

呼伦贝尔大草原

碧草迄青天，牛羊信步闲。

林深山幽静，百曲水清涟。

落日蒸霞蔚，星河璨无边。

美哉呼伦贝，神圣毋多言。

觊觎来犯者，挥刀斩马前。

洪　湖

碧波接天际，青荷万顷洋。

莲香邀百鸟，摇橹送夕阳。

水好风光秀，峥嵘岁月长。

心驰神向往，愿作玉壶川。

洞庭湖

梦云八百里，浩渺住神仙。

明月秋波照，帆归洞府天。

岳阳千古唱，社稷重为先。

不负君山诺，从来有圣贤。

鄱阳湖

水天无穷碧，辽阔带苍茫。

仙岛出云汉，天人采药丹。

渔舟篝火晚，百鸟梦正酣。

久负芳泽诺，今心了不甘。

荣辱云烟过，神归月明湾。

乌溪江

一江烟雨到云端，两岸春花绿水宽。

梦里何时邀明月，乌溪垂钓不思还。

九寨沟

泽国明玉镜，翡翠水精灵。

画此千重秀，何来妙丹青。

梦会阳朔

昨夜漓江渔火明，梦中君影水般清。

星移斗转忽消逝，唯有钟山万古青。

富里桥

一轮满月半出水，富里桥横五百年。

春雨点篙穿月过，青青老树望君前。

遇龙河

七竹一水山歌远，丝雨如烟笼古村。

不日三时别样绿，遇龙河柳最知春。

水乡夜雪

百桥连水千层雪，万盏琉璃灯火幽。

隔岸传来将进酒，不知何处寄人愁。

云淡风轻

云飞万里无归意，水过千山不悔迟。

行遍天涯风雨路，迎来信步柳青时。

思游美境

天下何其美景多，亲临其境意如何。

君知哪处最极致，舍我青春醉放歌。

红　月

红月含羞情意长，犹如白玉沐丹霜。

嫦娥空寂思君切，十五月圆披盛妆。

冬日登梧桐

清风送脆鸣，蝶舞伴云亭。

冬日愁情暖，山空孤影行。

海边夕景

红日无心落，朦胧月欲升。

两相辉照映，重彩百花城。

白浪轻拍岸，夕山暮鼓声。

千愁何所在，共醉海天人。

8月13日遇梧桐山双彩虹

东梧红日西桐雨，七彩双虹眉黛低。

借桥牛郎和织女，银河何以断佳期。

游大鹏湾

云分两半天，恍若捻天帘。

一半云成线，一边落日偏。

海平鸥鹭远，何处对歌绵。

破浪潮头立，乘风赛八仙。

四季之美

和风细雨柳云烟，箬笠轻舟采碧莲。

秋色斑斓霜叶落，冰天雪地任缠绵。

远　村

斜阳照菜畦，浣洗有清溪。

屋后摘桑葚，炊烟袅袅依。

PART 2

　　每个人一生中总有最亲最爱之人，如父母、妻儿、兄弟、姐妹等。愚自以为是重情之人，奈何自身存在诸多不足之处，留下不少遗憾，写此系列诗作聊抚亲情之缺憾。

思 父

父举高山背耸天，劝儿立志莫游闲。

人生何惧千般苦，刺破苍穹肩并肩。

寸心残放

慈父仙离不复还，空留痛楚子癫狂。

寸心何处残安放，幸有娘亲伴我旁。

思　亲

伤别游子意，慈母念依依。

草木年年绿，归来会有期。

慈母音

慈母宽心语，人间最动听。

每逢伤苦痛，急切盼亲音。

探　亲

多年未见娘亲老，褶皱如沟头满霜。

一句我儿来就好，儿无话语倍沧桑。

母 爱

憒憒少芳心，萋萋慈母情。

舐犊深爱切，谁懂万一辛。

好母亲

天生好母亲，德润荫家庭。

朴素言行致，春播希望心。

芙蓉爱人

天外芙蓉出水来，翩翩年少不折摘。

北归鸿雁遥相问，泯笑无言眉锁抬。

待放含苞藏玉蕊，无边秋意润嫣白。

冰霜纵使寒如铁，一树新枝依旧开。

赠女儿

天降玉璞人世间，琴棋书画赋先天。

一文一武雕琢细，尤恐力锋稍走偏。

夜叹养育超万苦，满腔热血洒桑田。

盼女早日通达礼，心系家国顾大局。

与父齐肩难载誉，父亲愿作步云梯。

博学中外增心力，志为人类解深谜。

天使之音

女儿夜深三唤爸，吾忙翻侧应惊答。

原来爱女梦呓话，无尽怜惜眉际发。

育儿难

年少弗知父母艰，呕心教诲作言闲。

彼时懂事回头望，两鬓斑白霜染天。

再叹当时才悔恨，嗟乎只剩在云间。

悲哀莫过心难死，其苦犹如老味连。

PART 3

　　人生既复杂亦简单。有坦途亦有坎坷，有高峰亦有低谷，有快乐亦有悲伤，有清醒亦有糊涂，有希望亦有失望，实在一言难尽。写此系列诗作聊以表达人生之百感交集。

补断句

近水楼台先得月，向阳花木易为春。

隔山徒羡他石好，何若家金淬火纯。

跋涉千程登顶苦，换来明月对金樽。

天时地利人和聚，万里星河定乾坤。

读唐诗宋词随想

诗词唐宋最风流，名句佳作万古休。

感慨几多天纵论，源于零落苦悲秋。

今人当有公平判，骄横频频把才羞。

遥想李白重选过，诗仙依旧胜他求。

风　筝

长长牵梦线，少女沁芳心。

试问云归处，谁藏淡淡情。

美玉天成

净净美无瑕，灼灼豆蔻花。

无须来赞赏，自有醉人霞。

晏晏一湾水，薄薄蝉翼纱。

吉星摘入袖，快意走天涯。

叹女儿国王

天人典雅世无双，一片痴情动海川。

怎奈唐僧执固念，千年遗憾月成霜。

兰花手

仙子兰花手，冰心玉指长。

幽芳天丽质，最抚我神伤。

望 夜

远山青若黛，近月雪村白。

美酒邀明月，迟迟走不开。

月明应有意，照我望高台。

夜静人清醒，孤独阵阵来。

铿锵玫瑰

强敌若烟云，家国在我心。

玫瑰风起舞，日月把敌擒。

流　星

杳杳星空来遇见，如电似线细划天。

纯纯最美人间愿，许在流星消逝前。

雨过天晴

雨晴天地近，草木水滴新。

蔚蔚云霞伴，不羁望远心。

芳 华

人生风雨寻常见，不改初心尝苦甜。

平淡从容还惬意，芳华就在慧心间。

桑田何必追沧海，底色依然只有天。

几度花开皆未晚，天涯回首忘流年。

雨中感怀

风狂雨骤往何归，野径徘徊心欲摧。

年少恨无投笔去，弯刀横挎守边陲。

声声号角震天响，大漠无垠吞日辉。

戍老荒原终不悔，一轮明月照笛吹。

望星空

星辰大海人寥奈，宇宙深深何处来。

仰望星空冥苦想，地球远逊小尘埃。

众人熙攘匆匆去，好似天生盖世才。

万年孤独稍纵逝，峰回路转剩谁猜。

登 顶

林高鸣远脆，晨日照清风。

临顶山垂陡，天人哪处逢？

感怀英雄

大浪淘沙竞自由，英雄可遇不能求。

洞悉时势知微著，伟略雄才运筹谋。

内外兼修借顺势，乾坤扭转写春秋。

然则再好非完美，难挡时空一寸眸。

咏　春

万里碧空云淡轻，山青水绿鸟争鸣。

春风不识情滋味，拨弄谁家少女心？

林美神伤

繁花空似锦，桥断水中流。

林秀无心赏，神伤怕景幽。

端　午

五月粽黏人，江平水阔深。

千龙离箭矢，万众喊天沉。

天下一湾水，屈原如北辰。

泱泱今盛世，天问尚求真。

反　思

诗书不胜读，心力却稀疏。

漫漫人生路，谁来藉吾孤。

破　土

遥遥希望种，静静立心中。

日盼发芽早，春光相竞拥。

黎明前暗夜，悒悒万关重。

破土迎甘露，千愁一扫空。

坚 守

绝望何为惧，孤单勿用提。

历经天下难，高擎凯旋旗。

怀 春

九月采柠檬，青纯羞涩真。

托腮窗外望，谁在暗思春。

致青春

正值年少轻言少，青稚相随志向高。

心力所及皆美景，蓬勃朝气赛春潮。

无 题

苦痛抽丝慢，人生几许长。

神仙还怕老，寞寞慕冰川。

忍　耐

风刀霜剑雨，刻刻锻雄心。

痛印层层厚，天天意力新。

贴　心

微微烛火光，暖暖照前方。

梦中人未老，贴心治痛伤。

润　泉

涓涓漱玉泉，浸润裂心缘。

只愿他人好，盈盈春满园。

笑　脸

洋洋春笑脸，细水灌心田。

美美如初见，悠悠乐忘仙。

喜　报

喜报忽来降，黑天一道光。

心霾成久病，怒吼愈痊伤。

曙　光

曙光无限美，破除暗长边。

幸运如君愿，上苍偶尔怜。

守　诺

一生一世一情缘，千里冰封梦里牵。

纵使青山成沧海，我心依旧在桑田。

静待花开

千花各有期，静候几相依。

不如含苞待，花开恐后凄。

中秋月话

明月照山河，金樽对放歌。

几多愁苦乐，话与月相知。

月相思

皎皎嫦娥月，幽幽挂念情。

思愁千万万，月下我独行。

珊瑚赞

生前不计得恩宠，礁后常心愈耀荣。

十色衍繁千物种，五光保护万生丛。

空

镜中花与月，君看有还无。

空若无他在，何为万法初。

因　果

一因生万果，一果有千因。

来去因缘定，何须问往今。

禅思难

缥缈光一道，虚空透射来。

心弦禅触动，欲悟却飘开。

悟　禅

暮鼓空山远，天凉紫气升。

净心听夜雨，妙境叩禅门。

返璞归真

一滴清水七光色，三寸明心万事沉。

阅尽芸芸千百态，菩提树下返天真。

心若水

天地生柔物，无形色味空。

心如上善水，何惧万年忧。

海边遇雨

云墨天如夜，青山若叶飘。

疾风掀巨浪，雨泣泯愁消。

藏松子

松鼠藏松子，惊奇发绿枝。

以为春早到，却是醒来迟。

秋 千

秋千轻摆来回荡，万绿丛中一抹蓝。

明眸蒙霜心事满，伊人何故暗神伤？

感怀童趣

少小贪吃难有果，巴巴泪眼树周挪。

梦痴荔掉枯枝落，果挂枝头笑我拙。

年老天天来买果，稍食一颗却嫌多。

人生何处不矛盾，总在纠结后蹉跎。

人生百味

岁月悠长时短暂，流年似水不回还。

人生百味一壶酒，饮尽千愁笑万关。

年少轻狂谁在意，天涯更有好河山。

青山依旧朱颜瘦，何使伊人却寡欢？

楼　兰

古道荒凉车马稀，风穿残驿诉凄迷。

天边孤雁声声泣，犹记楼兰梦断离。

踏　春

三月桃花十里亭，青春为伴追落英。

相逢一路无知己，谁懂伊人最内心？

睡 莲

梦莲沉睡简居池，几许花开却不知。

若问伤心难解处，伊人带雨话心痴。

难回首

片片飞花片片愁，成冰化水载千忧。

半生如梦难回首，寸寸芳心锁鹊楼。

梦中泪

昨夜霜垂多少泪，有谁知道有谁怜。

梦中纵有开心事，难寄白云流水间。

夜孤独

夜雨飞丝落玉壶，香茗袅袅月将出。

天上若有广寒殿，两处离愁共守孤。

PART 4

　　人生难得有知音，知音犹如天地之至美奇景，可遇不可求，君若得之，乃君人生之至快幸事，写此系列诗作祝君好运。

顾　盼

思君难见影，万语话谁听？

远处一声唤，眉生顾盼情。

月光宁

思君未敢见，恐扰月光宁。

只有君如此，殷殷懂我情。

望空山

青花杯浅意阑珊，对饮千愁欲醉难。

此后天涯隔两半，相思不尽望空山。

月光雪

夜深花睡后，好梦可曾经。

明月含霜照，伊人等雪晴。

瑶池仙子

意志磐石坚，心灵玉液涟。

瑶瑶池傲雪，决毅下凡间。

苦　寻

伊人在何方，孤者憩之湾。

有水无方向，寻踪好困难。

风餐衣褴褛，四顾野茫茫。

天若怜惜我，偷偷送指南。

梦醒时分

相逢春意漾，别后却无根。

但愿长长梦，迟来醒几分。

惜　别

清风美酒诉衷肠，互赠诗情流水旁。

怎奈惜惜别已到，依依明月照神伤。

鸿　愿

离别已多日，思念化为风。

鸿愿成真时，飞身与君逢。

最爱深秋

淅淅春雨沥，漫漫夏炎迟。

最盼深秋至，君约霜降时。

秋　信

往事去悠悠，白云不停休。

前回君寄信，好似几凉秋。

咫尺天涯

别离心怎放，挂念总无声。

风起忧忡甚，衣单是否增。

孤鸿寻旅伴，落叶觅流程。

咫尺天涯路，何愁不相逢。

送　别

深藏离怅绪，踏雪送君归。

摘下相思子，与君千里随。

守 护

前世本无缘，今偏遇梦仙。

愿持年少狂，仗剑护君前。

丁香忧

昨夜西风骤雨收，往昔似水涌心头。

天涯海角君何在，朵朵丁香一树忧。

知　音

生逢知己何其幸，古往今来两悦欣。

琴瑟和鸣藏默契，高山流水密相亲。

千年惆怅灵犀解，万里孤程有问津。

明月当空如雪镜，何时照我觅心音。

等　待

一生之等待，泣血有谁知。

笺破成灰烬，相思笑我痴。

盼　望

擦肩而过当相见，不问今生可有缘。

盼汝寻得仙宝岛，天天望见洗心泉。

画中人

澹澹罗裙雨，窗前望眼矇。

风铃空作响，谁唤画中人？

苦　恋

幸得忧逝去，拉紧恐绷弦。

试问何方物，能消夜不眠？

痴　问

举杯思不定，浊酒醉天明。

痴问杯中月，如何了断情？

君　远

思君寒夜泪，落入玉茗杯。

就月一同饮，君旁可有谁？

思　远

今生既有涯，明月共为家。

两两心相印，托思落日霞。

守 望

漫漫崎岖路，心怀火种行。

守得云见日，大漠看流星。

等故人

笛远舟行快，江清月更白。

长竹轻点水，知是故人来。

故人来

故人如期至，欢愉怎罢休。

千杯一梦醉，寒暮不悲秋。

思故人

久断伊人信，徒增念故情。

门前七古树，婉转几黄莺。

憔　悴

晨妆遮倦容，憔悴看谁深。

何日春风至，拂开半脸尘。

负　重

伊人瘦弱肩，负重万千千。

只恨无双翼，分撑点点天。

花无叶

春花三万树，何朵为君开？

若是花无叶，谁来细细裁？

忙　碌

天蓝无空望，烈日汗滴忙。

不敢照晨镜，额纹恐染霜。

巾帼赞

古今花木兰，大义比天高。

不忘家国孝，巾帼披战袍。

珊眉穿冷夜，寒雨斩弓刀。

风雪千呼啸，浊天万浪滔。

明月心

皎月似君洁，一尘不忍叠。

君心柔胜水，融化苦离别。

布衣鞋

冰心面酸楚，身经寒和暑。

一双布衣鞋，丈量人间苦。

水眼睛

汪汪水眼睛，浸润百川冰。

浅浅一眉笑，直达最内心。

寻知音

幽谷路难行，何曾挡我心。

空林残弦断，应可觅知音。

夜　思

杯清看月牙，梦醒照谁家。

点点相思泪，天明数落花。

秋　雨

秋雨瑟萧寒，丝丝泪目光。

锦书何不到，谁懂旧人伤？

梦

天各一方奢梦会，万般无奈不逢君。

世人皆笑痴痴梦，我却依依把梦寻。

PART 5

愚平日少知花草，然好友甚爱之，故
时常得以了解欣赏。久而久之，愚亦爱之，
有感花草之深厚文化内涵与美好寓意，写
此系列诗作以表喜爱之情。

咏 梅

疏梅深谷志，三两朵一枝。

千雪花中落，君折化泪时。

咏　兰

高洁品不孤，幽谷向天都。

朝暮淋仙露，庸俗远近无。

咏 菊

秋霜力未歇，菊傲毅相接。

纵使无他伴，风姿也绰约。

咏　竹

亭亭倩影斜，婉婉翠纱叠。

约会云中雀，虚心立万节。

雪　莲

冰天云际线，雪地冻仙颜。

朝露夕花泪，晶晶透玉坚。

落红飘散处，五载现一莲。

跨越千般苦，重修前世缘。

桃　花

桃花仙子国倾容，片片芳菲佩玉琼。

十里春风人尽笑，良辰美酒就桃红。

缤纷过后仙桃送，美丽非即转眼空。

更喜人间三月雨，竟将妩媚变朦胧。

水仙花

天生花蒜子，花界水中仙。

素雅凌波色，香浓绕卷帘。

白花黄蕊浅，绿叶抱霜鲜。

万载千家爱，吉祥辞旧年。

红 豆

君送一红豆，深藏万种情。

思君时时看，好梦到天明。

枫　叶

枫林出北壑，十月总相逢。

君看千霜冻，方得万叶红。

高原红

高原一抹红，天赐绝颜容。

何止心灵美，真情比酒浓。

格桑花

看似寻常物，实为圣域花。

格桑播幸运，切勿忘了她。

洋桔梗

远看白叠翠，前闻不见香。

纯纯花处子，静静面空墙。

白玫瑰

庭深难掩玉瑰白，夏未归来早盛开。

只盼谦谦知我意，有缘天阻也前来。

圣心百合

含苞青穗在，百蕊敞心怀。

君以真情待，侬还实意来。

山楂树

红红满树生，个味涩酸真。

小小山楂果，绵绵爱恨沉。

荔枝玫瑰

冰玉透嫣红，香沉荔秀中。

迟迟无邂逅，憔悴也从容。

茉莉花

心安百姓家，美丽变传说。

花小芳香溢，如何不爱她。

昙花见月

夜深花不睡，静候月归来。

好似天呼唤，昙花见月开。

清香徐送月，默默等君摘。

谁最怜惜我，徘徊月下台？

昙花梦醒

花开如梦醒，何夜再重来。

不惧隔多久，因缘自会开。

荔　枝

一帘红纱半边天，几度欢心几度甜。

若有荔枝来解苦，何须万里拜神仙。

PART **6**

　　愚在农村出生长大，读高中时离别故乡，后赴外读大学、参加工作，回故乡的日子屈指可数。然故乡于梦中出现之次数愈发多了起来，在难得的回故乡的时日中，尤感故乡之可亲可爱，思乡之情愈发浓厚，写此故乡系列诗作聊以慰藉。

梦回故乡

故乡山水梦中回，田垄苗青春雨霏。

雏燕嗷嗷声不断，村头老母盼儿归。

乡 愁

乡愁丝入扣，千古梦中留。

昨梦君和我，乘舟故土游。

故情诗与赋，暂忘此生忧。

回望来时路，何为终所求。

星空夜话

天河如带月银钩，棋布星罗海泛舟。

萤火灯笼高树挂，悄悄夜话柳梢头。

乡村夏夜

房前桃李后柔桑，三五凉席话短长。

犬吠几声星夜路，蛙声一片稻花香。

故乡之多情

龙眼玉珠压绿伞，故乡多果更多情。

邻家少女穿针线，落落亭亭把客迎。

故乡之母唤

青青野草边，闲坐看云天。

慈母村头唤，声声入心田。

故乡之清晨

鸡啼村落醒，雾散玉泉明。

白鹭池中立，黄牛啃草青。

故乡之古街

老城街市熙熙攘，闲老悠然靠北墙。

争论梁山谁好汉，取泉古井煮茗香。

故乡之郊野

湖碧荷香百里飘，绿芽淡淡万畦涛。

多年未见荔林茂，两两三三赏李桃。

故乡之春种

昨夜春雷惊好梦，五更斗笠奔城东。

一牛一杖犁田海，多少苗青烟雨中。

归　田

依山傍水野青田，忘返流连晌午间。

一路看花摘果去，白鹅绿鸭闹翻天。

再回故乡

南国秋末春花木，丝雨无边不带愁。

更念故乡山海月，新天开辟再从头。

秋山路远

倦鸟归林晚，秋山暮水寒。

一人一朗月，思念比谁长。

雨后荷塘

好雨催莲醉，含珠熠熠辉。

蜻蜓轻点水，野老不思归。

莲花鱼

白莲出碧水，鱼紧跃相随。

咬片莲花瓣，含情脉脉回。

异乡秋思

一轮明月离人远，多少离人旧换新。

起舞秋风迷乱眼，平添几段客乡情。

登云峰山随想

云无舒卷意，人有雨晴心。

却看云归去，相思泪满襟。

PART 7

愚已年过不惑，今重读红楼，对黛玉宝玉命运、际遇、缘分、无奈、遗憾之理解愈深，感叹历史之沧桑巨变，二者命运之多舛，尤感新时代社会主义中国之强大与美好，故写此叹黛玉与宝玉系列诗作以示感慨。

叹宝玉和黛玉之命运

怨女痴男梦，遥遥断会期。

泪清难润玉，凄美剩唏嘘。

宝玉徒其表，怜花却力靡。

终归须自立，或可破迷题。

叹宝玉和黛玉之情缘

两心空愿景，公子遇红颜。

枉费长河泪，前缘化缕烟。

叹黛玉之才情

才貌群芳慕，心神细若丝。

葬花犹葬己，香殒泪干时。

叹黛玉之潇湘馆

三舍千竹映，一泉月照花。

潇湘妃子馆，何处是林家？

叹黛玉之无力

秋窗空对月，妃子弱孱身。

只影何依靠，哀竹苦苦撑。

落花心彻痛，流水叹忧增。

纵有仙诗韵，无力扭乾坤。

叹黛玉之惆怅

明月照清泉，愁丝绕卷帘。

凄凄神黯黯，泪雨落涟涟。

缘分为何物，东风不敢言。

幽啼惊睡鸟，妃子有谁怜？

叹黛玉之潇湘泪

风狂雨骤几时空，泣谢樱桃点点红。

竹影犹怜妃子泪，芭蕉叶断诉愁浓。

叹宝玉之枉多情

最是多情却负心，怡红落尽去何寻？

出身再好非强者，造化偏偏戏弄君。

叹宝玉之红尘

潇湘人不在，公子尚傻痴。

了断红尘去，何如未有时。

PART 8

　　窃以为，驰骋疆场、壮怀激烈乃不少热血男儿之梦想，愚心中亦深藏此火种。尤当读罢唐之边塞曲，为其大漠孤烟、苍茫广袤、明月思乡、将士英勇之意境所深深折服；再者，为平衡些许叹黛玉系列之伤感，故写此征战戍边主题之诗作。

望　崖

孤月照荒原，风驰滚滚烟。

勒缰回首望，万籁寂无边。

信马绝崖立，龙泉剑问天。

千年人与事，明月记何篇？

出征大漠

军威气贯虹，铁骑快如风。

大漠千重险，刀山定雌雄。

壮志凌云

壮志在凌云，飞天立战勋。

扬鞭追日月，还看李将军。

征　战

挥师征南北，万马雨嘶鸣。

立下千秋业，留何身后评。

常胜将军

胸中百万兵，手握破敌情。

夜半观天象，银河曜曜星。

五行思谋定，沙场点寒冰。

常胜将军在，残敌丧胆鸣。

从　征

冰天三尺冻，风冽骨刮疼。

征战何言苦，关山几度横。

沙场怀古

万马千军追忆存，空余沙场又一春。

功名铁血留青史，解甲归田送晨昏。

用　兵

用兵步步关乎命，存灭之间孰重轻。

唯有先机多妙布，杀敌止战巧无形。

用　将

用将如何不用神，三军生死最为真。
古今多少谈兵者，云散烟消土与尘。

严阵以待

千里边关烽火起，三军严阵马咴绵。

山崩地裂何为惧，飞将横刀立阵前。

荡　寇

可恨人间霸道行，是非恩怨定分明。

苍茫天地谁知己，怒马长鞭荡寇清。

无名战士

天涯孤胆闯，生死不分离。

流水潺潺意，传情安吾妻。

英雄泪

何为英雄泪，拔剑问青天。

一泪一滴血，孤绝抱憾千。

悟 兵

沙场孤寒月，旌旗猎猎风。

兵书翻断线，何若败一城。

国之利刃

何为国利刃，千万里挑一。

罕世神绝技，雷霆扫破敌。

阴晴谁在意，天地尚无羁。

犯我秋毫者，谁来必断期。

生死诺

铁骑加金甲，家书沙场埋。

不经千血战，生死诺何来。

狭路相逢

烽烟遮蔽日，狭路正相逢。

鏖战犹酣处，天苍满眼空。

老　帅

战意冲天迈，神刀入化来。

廉颇虽易老，对比见雄才。

将　士

将军崇智勇，兵士尚争先。

上下同心欲，何敌敢犯前。

戍　边

明月照边关，家书慰寂长。

清风应耐老，替我早还乡。

戎　马

戎马一生多少载，青春不悔铁柔情。

边关岂可无人守，虎狼驱除还岁宁。

忠　诚

征战八千里，银枪刺破天。

谁弯弓射月，宝马跨深渊。

不管冰和火，忠诚烙铁肩。

刀枪拼战者，生死忘一边。

写诗是一种机缘巧合。写诗对我来说是一件神奇的事情，虽然已过了不惑之年，但"我是谁？我能做什么？能做成什么？"这些问题一直纠缠着我，在我脑海里面挥之不去。我感到这世界上还有很多事情自己没办法把握，时常会对一些事情感到困惑，有时即使得出了答案，但这个答案也无法让人满意。最后发现只有读书、思考和写作才是自己力所能及的事情，所以在一定环境条件刺激下，突然间就有了写诗的冲动，急切想用诗来为自己平凡又平淡的人生做一些注脚，增添一些缤纷的色调。当然也没想到写诗的冲动是如此之强劲，灵感喷涌而出，一发不可收，一首接一首地写，乐此不疲。

写诗是一种生活方式。我觉得能够写诗是一种幸运，能够把生活过成诗，更是人生的一大幸运。写诗现在已经成为我生命中不可或缺的重要部分，已经融入我的生活、我的血液、我的生命。我愿意坚持写下去，一直写下去。

更有趣的是，在写诗的过程中，慢慢地，我发现写诗真是一件快乐和解压的事情。当我感到快乐时，我会把这种快乐和幸福的感觉化成诗句，诗成为快乐的载体，快乐就会加倍释放。当我感到苦闷时，我就会用诗句来表达情绪，痛苦就会加倍减弱，最后甚至消失得无影无踪。

写诗是一种潜能激发。写诗是一个不断挑战自我的过程，刚开始时，我觉得能够写10首诗都是一件很困难的事情，没想到一路写下来，不断地突破30首、50首、60首、80首、100首、150首、200首的关口。所有过往，皆成序章，每个关口成为不断前行的起点，有点不可思议的感觉。看来，人的潜能有时确是需要压榨和逼迫才能迸发出来，没有足够的压力，就没有足够的动力。我衷心感谢生活和工作给我阶段性的压力，催化我在现阶段打开写诗的窗户，获得人生的另外一种体验。

写诗是一种自我认知。我不断地从唐诗宋词元曲中汲取灵感和养分。在这个过程中，我对唐诗宋词元曲等中国优秀传统文化有了更进一步的了解和认识，更真切地感受到这些文化瑰宝的无价。那么多的千古名篇让我叹为观止，钦佩不已。我不断地研读、不断地发现自己的浅薄和无知，越发感到自己与古代伟大文人的天壤之别。他们是怎样的天纵之才，是怎样的文化修为和人生磨砺才能写出如此动人、如此美妙、如此引人入胜、如此让人拍案叫绝、如此让人欲罢不能的诗篇，他们是我学习路上的不朽丰碑。

最后，非常感谢激发我创作灵感的亲人和朋友，没有这些宝贵的帮助，我写不出这么多题材和主题的诗，也写不到这个数量。特别要感谢杨文才老师的悉心指导，田地老师欣然为诗集写序，吕琳清老师精心为诗集创作插画，也欣喜女儿刘瑛琦为诗集题名。当然，由于我的能力非常有限，所以不少诗句写得很粗糙，显得很笨拙，希望各位读者朋友多多包涵，批评指正。